»Man kommt auch mit wenig Sünden aus …«

Wolfgang Gädeke

»Man kommt auch mit wenig Sünden aus …«

Anekdoten aus
der Christengemeinschaft

mit Zeichnungen von Siehste

Verlag Urachhaus

ISBN 3-8251-7158-2

Erschienen 1999 im Verlag Urachhaus

Umschlag- und Innenzeichnungen: Siehste
Druck: Offizin Chr. Scheufele, Stuttgart

Inhaltsverzeichnis

Vorwort

Religiöse Erneuerung in unserer Zeit ist eine sehr ernste Sache. Und noch dazu eine übermenschliche Aufgabe. Deshalb werden die Menschen damit nicht allein gelassen. Den größten Teil leisten andere – von drüben her.

Aber ganz ohne uns Menschen geht es eben auch nicht, obwohl wir bei allem ernsten Streben längst noch nicht in der Lage sind, uns in die Scharen der anderen Hierarchien einfach und harmonisch einzureihen. Zwar können wir schon manchen Lobgesang ganz ordentlich mitsingen, recht viele Töne gehen aber immer noch ziemlich daneben.

Die ersten Priester der Christengemeinschaft, die sogenannten ›Begründer‹, waren großartige und Ehrfurcht gebietende Gestalten. Sie hatten ja den ungeheuren Mut gehabt, etwas ganz Neues zu wagen und ihr Leben dafür einzusetzen. Und sie haben es tatsächlich geschafft, die Christengemeinschaft auf die Erde zu bringen. Aber auch sie und alle ihre Nachfolger waren Menschen und keine Engel. Deshalb ist ihnen bei Konferenzen, auf Synoden und im Alltag in Wort und Tat auch einiges danebengegangen.

Über manches zu sprechen verbietet die Höflichkeit. Aber vieles ist so heiter, dass wohl selbst die Hierarchien geschmunzelt haben werden. Denn sie wissen ja ohnehin: »Es irrt der Mensch, solang er strebt …«

Immer wieder haben auch die Mitglieder, die sich für das Werden der Gemeinschaft nach Kräften eingesetzt haben, in der Sakristei und beim heiligen Dienst Anlass zur Heiterkeit gegeben. Und wie aus dem Himmel selber ist manches aus Kindermund geflossen und im Religionsunterricht zum Vorschein gekommen, das wie ein Geschenk und Balsam für unsere im Eifer stetiger Bemühung geplagten Seelen anmutet. Am schönsten ist es, wenn etwas nicht nur komisch, sondern auch tragisch und zugleich tief weisheitsvoll ist. Denn so ist unser Leben und so sind wir selbst.

Deshalb ist es günstig, sich bei allem Ernst der Sache immer wieder selber ›auf den Arm zu nehmen‹, sich quasi schräg von der Seite anzuschauen und dabei zu entdecken, wie komisch wir angesichts der notwendigen und unvermeidlichen Diskrepanz zwischen Aufgabe und Vermögen, zwischen Ideal und Wirklichkeit manchmal sind. In diesem Sinne wünsche ich allen Lesern ein ernstes Vergnügen.

Allen, die beim Zusammentragen der hier ausgewählten Anekdoten mitgeholfen haben, sei an dieser Stelle ganz herzlich gedankt. Vielleicht wird sich auch der eine oder andere Leser selbst an Begebenheiten erinnern, die es verdient hätten, in eine solche Sammlung aufgenommen zu werden. Alle Hinweise und Berichte über Erlebnisse, die die Christengemeinschaft von ihrer humoristischen Seite darstellen, sind sehr willkommen und werden vom Herausgeber oder vom Verlag Urachhaus dankbar entgegengenommen. Vielleicht wird es dadurch eines Tages gelingen, dieser Sammlung eine Fortsetzung an die Seite zu stellen.

Wolfgang Gädeke
Januar 1999

Aus Kindermund

Der Teufel als Pfarrer

Es ist Zeit der Oberuferer Weihnachtsspiele. Im Paradeisspiel fehlt es am geeigneten Teufel. Der Pfarrer übernimmt die Rolle, es hat ihn wohl auch ein wenig gejuckt, mal mit dem Bösen in Beziehung zu kommen, denn er war von Schicksals Gnaden einer der Lautersten im Priesterkreise. Als er am nächsten Tag priesterlich gekleidet am Altar stand und die Sonntagshandlung für die Kinder zelebrierte, saß da ein kleiner Bub mit seiner Mutter in der Kirche; die größere Schwester ging schon in die Schule und stand vorne am Altar mit den anderen Kindern. Da zeigte der Kleine auf den Priester und sagte: »Mutti, das is doch der Teufel, näch?«

Verblüffendes Kunstverständnis

In einer Familie mit fünf Söhnen sahen sich die beiden jüngsten, fünf und drei Jahre alt, ein Buch mit Bildern aus der Renaissance an. Der Jüngste konnte noch nicht sagen, wie alt er ist, aber die älteren hatten es ihm beigebracht, mit den Fingern sein Alter anzuzeigen. So reckte er, wenn er nach seinem Alter gefragt wurde, stolz Daumen, Zeigefinger und Ringfinger empor und bog die beiden letzten Finger auf den Handteller.

Als nun die beiden Knaben in dem Buch das Bild ›Die Madonna in der Felsengrotte‹ von Leonardo da Vinci aufschlugen, auf dem der Jesusknabe den anbetenden Johannesknaben segnet, da sagte der fünfjährige Bruder zu dem dreijährigen, indem er auf den Jesusknaben deutete: »Guck mal, Markus, der ist genauso alt wie du«.

›Haus des Herrn‹ – oder der Dame?

Die zwei kleinen Söhne des Pfarrers stehen vor der neu erbauten Kirche und philosophieren: »Wem gehört nun eigentlich die Kirche?« Der eine: »Dem lieben Gott!« Der andere sagt entschieden: »Nein, die gehört der Frau Diekmann!« (Gemeindehelferin)

Ihr nächster Patient ist Fritzchen Klein.

Gott als Hausarzt

Ein kleiner Junge hat sich wehgetan. Die Mutter tröstet ihn und sagt: »Der liebe Gott wird es heilen.« Darauf fragt der Junge: »Muss ich rauf oder kommt der runter?«

Zum Josef mit dem Teufel!

Dezember 1936. Die Weihnachtsspiel-Kumpanei der Konstanzer Gemeinde ist zu Gast bei der Lindauer Gemeinde. Der Pfarrer und seine Frau spielen mit und der kleine dreieinhalbjährige Sohn darf zuschauen.

Im Paradeisspiel spielt sein Vater den Teufel. Als er im nachfolgenden Christgeburtsspiel in der Rolle des Josef wieder erscheint, tönt ein Stimmchen aus dem Zuschauerraum: »Hat der Vater jetzt kein Schwänzle mehr?«

Wo ist der Geist?

Der kleine Sohn eines Arztes entdeckt einen toten Maulwurf. Der Vater erklärt seinem Sohn, was er sieht und sagt: »Da isch dr Geischt naus!« Darauf fragt der Sohn: »Isch das der, wo mer in dr Sonntagshandlung suache misse?«

Sprachnachahmung

Ein Pfarrer hatte mehrere Kinder, die noch nicht zur Schule gingen. Einmal kam die Großmutter wieder zu Besuch. Die Kinder standen zur Begrüßung alle vor dem Haus und der Älteste sagte stolz: »Großmutter, haben wir uns nicht entwickelt?«

Ausgeprägter Sinn für Schönheit

Am letzten Sonntag beim Kinderferienlager auf dem Methorst kommt ein vergrübelter, etwas umständlicher Junge dem Lagerleiter nachgeeilt und spricht ihn – mit langen Pausen zwischen den Satzteilen – an:

»Du, Herr Hörtreiter – ich muss dich etwas fragen. – Willst du im nächsten Jahr – wieder ein Lager leiten?«

»Ja, wenn ich gesund bin.«

»Dann – gebe ich dir einen guten Rat: – Das nächste Mal soll deine Frau – die Sonntagshandlung halten – das *sieht einfach besser aus!*«

Der beratene Pfarrer hat ihm mit ernster Miene für den Rat gedankt.

Aus Konferenzen

… so gut wie nicht vorhanden!

In den siebziger Jahren waren in der Gemeinde Stuttgart-Mitte Dr. Schühle, Kurt von Wistinghausen und Barbara Nordmeyer die führenden Gestalten. Dazu gab es noch einige ›Jüngere‹, die den Religionsunterricht gaben, Jugendkreise machten und für das Adventsgärtlein im Wald Moos holen durften. An einem Konferenztag waren im Konferenzraum mehrere dieser jüngeren Priester bereits versammelt. Arnold Goebel, der Lenker und Seminarleiter, steckte den Kopf zur Tür herein, sah sich um und sagte: »Ach, es ist ja noch keiner da«, und verschwand wieder.

Verzeihen und Deuten

Einmal, als schon die Differenzierung in Teilgemeinden begonnen hatte, sollte ein Gesamtkonvent aller Stuttgarter Pfarrer im Haus der Gemeinde Nord am Bismarckturm stattfinden. Als Herr Wittkowsky – der damals in Stuttgart zu den ›Jüngeren‹ zählte – dort angekommen war, fiel ihm siedend heiß ein, dass er versprochen hatte, Herrn Dr. Schühle abzuholen. In rasender Fahrt und mit schlechtem Gewissen fuhr er zurück zum Urachhaus, dem verabredeten Treffpunkt. Dort ging Dr. Schühle tatsächlich auf und ab – im Mantel, den Schirm über dem Arm, den Hut nach hinten in den Nacken geschoben. Er rückte immer wieder seine Brille, die ihm die Nase herabrutschte, mit dem mittleren Glied seines linken Zeigefingers nach oben und antwortete auf Herrn Wittkowskys ausführliche Entschuldigung, dass er ihn vergessen hatte: »Zeichenhaft, zeichenhaft!«

Die schlau-dumme Ausrede

In einem größeren Konvent wurde besprochen, wer von den Pfarrern einem Mitglied zum 80. Geburtstag einen Besuch machen und einen Blumenstrauß übergeben könne. Als reihum gefragt wurde, sagte jeder mit einem Tonfall des Bedauerns, dass er leider keine Zeit habe. Da sich nun keiner zu diesem notwendigen Besuch bereit erklärt hatte, wurde jeder Einzelne befragt, warum er nicht könne, damit eventuell gemeinsam eine andere Priorität gesetzt werde. Und jeder hatte eine gute Ausrede: Beim einen war es Religionsunterricht, beim andern eine Bestattung, der dritte hatte Jugendkreis, der vierte einen auswärtigen Besuch etc. Zuletzt ging die Frage auch an einen der Jüngsten, einen sehr klugen, agilen und tüchtigen Kollegen, der offensichtlich wenig Neigung hatte, diesen Geburtstagsbesuch zu übernehmen. Auf die Frage, warum er verhindert sei, antwortete er: »Nein, da muss ich – eine Urnenbeisetzung vorbereiten!«

Das Problem des Gelingens

In der Konferenz wird auf ein gelungenes Gemeindefest zurückgeblickt. Das Lob gipfelt in den Worten: »... und dass es schön war, damit muss jeder selbst zurechtkommen.«

Anwesende ausgenommen

Nach der Pfarrerkonferenz, bei der es hoch hergegangen war, fährt ein Pfarrer im Auto des Kollegen mit nach Hause. Sie unterhalten sich noch über den Verlauf der Konferenz. Da äußert sich der melancholisch-cholerische Pfarrer über einen dritten Kollegen. »Ich kann diese Rechthaberei nicht leiden … wo ich doch Recht habe!«

Gefahren auf dem Erkenntnisweg

Ein Pfarrer findet es nicht gut, dass sein Kollege so viel über Rudolf Steiner, über Anthroposophie und in der Anthroposophischen Gesellschaft Vorträge hält, und formuliert das in der Konferenz so: »Man soll nicht Rudolf Steiner überall verständlich machen – sonst braucht man nicht mehr Steiner zu lesen!«

Verschlungene Seelenpfade

Ein melancholischer Pfarrer soll in der Konferenz eine Aufgabe übernehmen. Er lehnt es ab mit den Worten: »Das geht – glaub' ich – hoffentlich nicht!«

Von der Tugend des Nicht-Verhaltens

Ein melancholischer Pfarrer bekannte in der Konferenz nach einer schwierigen sozialen Situation, in die er gekommen war: »Ich wusste nicht, wie ich mich verhalten sollte, deswegen habe ich mich gar nicht verhalten.« Darauf sein cholerischer, leicht aufbrausender Kollege in einem Anfall von Selbsterkenntnis: »Das ist etwas, was ich mir öfter zu eigen machen sollte!«

Barbarische Sitten

Bei der Vorbesprechung eines Gemeindeabends sagt die Pfarrerin zum Kollegen: »Sie machen die Gesprächsleitung, denn Sie können am charmantesten die Leute abwürgen!«

Manöverkritik

Nachbesprechung eines Vortrages von einem auswärtigen Pfarrer: »Es war nicht nur charmant, sondern es hatte auch noch andere Dimensionen!«

Selbsterkenntnis – oder: Im Geistigen ist alles anders

Stoßseufzer eines Pfarrers, der schon wieder reden soll: »Ich hänge mir schon selber zum Halse heraus.«

»Selig sind, die nicht sehen und doch glauben«

In der Konferenz wird über die finanziellen Schwierigkeiten des Verlags Urachhaus gesprochen und über Kollegen, die diese noch nicht so recht wahrhaben wollten. Zur Erklärung dessen sagt ein Pfarrer: »Das liegt daran, dass die nicht bei der Synode waren und deswegen noch an den lieben Gott glauben.«

Der Vorgeschmack vom Nachgeschmack

Bei der Besprechung eines Programms soll eine Einladung formuliert werden. Der vorgeschlagene Text gefällt der Kollegin nicht, was sie mit dem Satz begründet: »Da entsteht ein so komischer Nachgeschmack – im Vorhinein schon!«

Zu viel Steiner gelesen?

Plötzlich hat ein Kollege in der Konferenz einen Einfall und tut dies mit den Worten kund: »Mir schoss gerade durch die Wesenheit, die die meinige ist ...«

Hohe Auszeichnung

Die Priesterin einer Gemeinde aus dem Umkreis Stuttgarts fragt bei einem schon erfahreneren, aber in Stuttgart noch zu den ›Jüngeren‹ zählenden Kollegen nach einem Termin. Es war Ende November. Er könne nicht, antwortete ihr der Kollege, denn er müsse mit Herrn Wittkowsky in den Wald fahren und Moos für das Adventsgärtlein holen. Darauf sagte die verblüffte Kollegin: »Was, das dürfen Sie schon?«

Ins Auge gegangen

Bei der Programmplanung machte ein Pfarrer in der Konferenz einen Themenvorschlag. Die Kollegin ging freudig darauf ein und sagte. »Ich habe von zwei Seiten dasselbe im Auge.«

Von Mitgliedern

De gustibus non disputandum
(Über Geschmäcker lässt sich nicht streiten)

Ein Mitglied einer norddeutschen Gemeinde stammte aus dem Rheinland und hatte sich den heimatlichen Dialekt bewahrt. Sie hatte mit ihrem Mann die neu erbaute Kapelle in Witten besichtigt und berichtete davon dem Pfarrer ihrer Gemeinde. Sie war ganz begeistert von dem Aufbahrungsraum: »Wissen Se, Herr M., der is so rischtisch knuffelisch!«

Der gute Hirte

Ein guter Gemeindepfarrer muss nicht auch ein Finanzgenie sein oder sein wollen. Als zum Jahresende ein hohes Defizit drohte, meinte er beruhigend: »Dann leben wir die nächsten Jahre einfach mal mit roten Zahlen.« Ob er wohl ahnte, dass man auf Kirchenbauten normalerweise keine Hypotheken bekommt? Die neue Kassiererin nahm es sehr genau. In Kürze hatte sie übersichtliche Verhältnisse geschaffen. Gewisse ›Extra-Töp-

fe‹ waren verschwunden, ›geheime Reserven‹ in Form von diversen Sparbüchlein (mit schlechter Verzinsung) waren abgeschafft. Der bequeme Griff in die Portokasse (für kleinere Ausgaben) wurde verwehrt. Das überaus strenge neue Regime wurde vom Gemeindepfarrer mit der ironischen Bemerkung kommentiert: »Wäre es nicht besser, wenn die Kasse von jemandem betreut würde, der weniger Durchblick hat?«

Die postwendende Replik blieb ihm nicht erspart: »Als Pastor sollten Sie zwar ein guter Hirte sein, aber doch kein Schafzüchter, lieber Herr Pfarrer!«

Ersteindruck

Als es in Hamburg noch nicht mehrere Gemeinden gab, aber schon in verschiedenen Stadtteilen zelebriert wurde, versammelte sich eine dieser Stadtteilgemeinden in einem Raum einer sogenannten ›öffentlichen Bücherhalle‹. Zu jeder Weihehandlung musste der Altar auf- und abgebaut werden. Nun hatte zur Weihnacht-Mitternacht ein Mitglied jemanden, der noch nie eine Weihehandlung erlebt hatte, in den kleinen Raum mitgebracht. Als er den recht großen und stattlichen Pfarrer in dem kleinen Raum vor den Altar treten sah, entfuhr es ihm hörbar: »Wat'n Barch Minsch!«

Es muss sich dabei etwas denken lassen!

In Dresden brachte vor vielen Jahren ein Mitglied jemanden in den Raum in der Goetheallee mit, der noch nie eine Menschen-Weihehandlung miterlebt hatte. Dem Gast, vorher instruiert, dass alles, was er sehen und hören werde, seine Bedeutung habe, fielen vor allem die Zeichen auf der Casula auf, die er immer wieder vor sich sah: U und 8. Nach dem Gottesdienst fragte er seinen Begleiter: »Heißt euer Papst Urban der Achte?«

Ich habe gemeinsam beschlossen!

In der Konferenz mit den Mitarbeitern wurden die Kleinigkeiten besprochen, die nach dem Umbau des Gemeindehauses notwendig zu beschaffen waren. Es ging um Ständer für Regenschirme in der Garderobe. Aber man konnte sich nicht einigen. Das ärgerte dic tüchtige und resolute Gemeindehelferin und sie kaufte auf eigene Faust irgendeinen Schirmständer. Bei der nächsten Konferenz rechtfertigte sie ihr ›eigenmächtiges‹ Handeln mit den Worten: »Besser wir ham was, als wir gestalten jahrelang weiter!«

Little service

In London wurde einmal eine sehr vornehme Lady zur Menschen-Weihehandlung erwartet. Man bereitete einen besonderen Sessel in der ersten Reihe der Kapelle für sie vor. Als sie mit ihrem Butler eintrat und auf dem Sessel Platz nahm, begann der Gottesdienst, den sie zum ersten Mal und ganz still miterlebte. Als er zu Ende war, hörte man sie zu ihrem Butler sagen: »Wasn't that an awfully nice little service?« – Ob sie jemals wiederkam, ist nicht überliefert.

Vom Nutzen eines Pfarrers

In den ersten Jahrzehnten der Christengemeinschaft waren die finanziellen Mittel knapp und die Pfarrer hatten häufig einen Mittagstisch bei Mitgliedern. Auch Dr. Schühle hatte eine Bauersfrau in der Gemeinde, die ihm immer Essensreste zukommen ließ. Sie tat es gerne und begründete das mit dem Satz: »Wenn wir unseren Herrn Pfarrer nicht hätten, müssten wir uns eine Sau halten.«

Symbiose

In London war eine Dame in der Weihehandlung, die ihren Hund die ganze Zeit auf dem Schoß hielt. Während der Wandlung hörte man ein gleichmäßiges Atmen, das in ein leichtes Schnarchen überging. Da der Kopf der Dame ihrem Liebling sehr nahe war, konnte man nicht unterscheiden, wer die Ursache des beruhigenden Geräusches war.

Sparsamkeit kennt keine Grenzen

Vor Jahren lebte in der Gemeinde in Kiel eine kleine, verwachsene, blondgelockte Frau, die sehr viel für die Gemeinde tat. Bei den jährlichen Haussammlungen des Deutschen Paritätischen Wohlfahrtsverbandes stieg sie in vielen Häusern viele Treppen hinauf und humpelte von Wohnung zu Wohnung, brachte aber die vollsten Sammelbüchsen heim. Mit hochrotem Kopf tippte sie für die Pfarrer auf einer alten Schreibmaschine und trug beim Programmversand ungeachtet ihrer kranken Füße viele Briefe persönlich zu den Mitgliedern, um Porto zu sparen. Eines Sonntags nach der Weihehandlung verteilte sie offenbar wieder einmal Briefe an die Anwesenden. Während der anschließenden Sonntagshandlung sah der beisitzende Pfarrer plötzlich, wie durch den Spalt unter der Tür zur Sakristei mit großem Schwung ein Briefkuvert über das Parkett hereinrutschte und vor den Füßen des linken Ministranten landete. Wieder war etwas Porto gespart!

Könnten Bergmann, Müller, Schneider, Trankowski und Schmidt bitte noch kurz ihren Gemeindebrief abholen!

Zartfühlende Rücksichtnahme

Im Oberuferer Dreikönigsspiel geht es nicht gerade sanft her. Die Kriegsknechte ermorden auf der Bühne kleine Kinder und rühmen sich nachher vor dem König Herodes der Zahl ihrer Opfer. Der Kriegsknecht, der achtzigtausend Kinder umgebracht hat, sieht plötzlich in der ersten Reihe kleine Kinder sitzen, die eigentlich noch nicht in das Dreikönigsspiel hätten gehen dürfen. Auf sie Rücksicht nehmend berichtet er seinem König zartfühlend: »Zwanzigtausend is mei Zahl!«

Von Synoden

Woher kommt der Priesternachwuchs?

Wie so oft, war vor vielen Jahren bei einer Gesamtsynode wieder einmal die Frage des Priesternachwuchses Thema. Der eine Seminarleiter, der schon viele Frotzeleien wegen seines Junggesellenstandes hatte erdulden müssen, sprach über die Schwierigkeiten, geeignete Studenten für das Priesterseminar zu finden. Dabei fiel der nicht zu bestreitende Satz: »Wir können ja am Priesterseminar nicht unmittelbar Nachwuchs erzeugend tätig sein!«

Der Mensch denkt …

Vor vielen Jahren am Eröffnungsabend einer Regionalsynode saßen die Pfarrer im Kreise und lauschten dem die Versammlung eröffnenden Lenker. Ein sehr scheuer, körperlich aber sehr kräftig gebauter Pfarrer kam zu spät. Sehr behutsam nahm er einen an der

Lassen Sie sich nicht stören!

Wand stehenden Stuhl, trug ihn mit leisen, vorsichtigen Schritten hinter die Stuhlreihe der bereits Sitzenden, um nur ja nicht zu stören, setzte sich langsam und behutsam auf den Stuhl nieder – und krax – brach der Stuhl zusammen und der Pfarrer fand sich mitsamt den Resten des Stuhles am Boden wieder.

Da war es mit dem Lauschen (und dem Reden) vorbei!

Zuspruchverfahren

Bei einer Regionalsynode wurde mit einigen Mitgliedern, die für die Region Verantwortung trugen, die Frage besprochen, wie das Zuspruchverfahren für die Gehaltsfindung der Pfarrer aussehen sollte, wenn eine Scheidung und eine neue Eheschließung vorliegt. Eine unverheiratete Priesterin meinte: »Das kommt darauf an, wie viele Ehefrauen wir dem Kollegen zusprechen.«

Hoffnung in apokalyptischen Zeiten

Ein Pfarrer berichtete auf einer Regionalsynode von den Anfangsschwierigkeiten einer Initiative für häusliche Krankenpflege in der Gemeinde. Die wirtschaftlichen Probleme, besonders durch die neuen Gesetze im Gesundheitswesen, waren recht groß, aber die Arbeit selbst war gut und hoffnungsvoll. So schloss er seinen Bericht mit den Worten: »Dies alles ist geschehen, damit wir glimpflich in die Zukunft schauen können.«

Die Wirklichkeit ist paradox

Bei der Besprechung eines schwierigen theologischen Themas kleidete ein Pfarrer sein Erkenntnisringen in die Worte: »Ich hab da 'ne dauerhafte spontane Empfindung!«

Fremde Sitten ...

Einmal war ein nicht ganz schlanker Pfarrer in England zu einem ökumenischen Gottesdienst eingeladen. Mit den gottesdienstlichen Gebräuchen der anderen Kirchen nicht vertraut, nahm er als Erster in der Sitzreihe bei der Kommunion das für diese Reihe bestimmte Körbchen in Empfang, aß das kleine Brot auf, das darin lag, und reichte das leere Körbchen weiter ...

In der Sakristei – Ministranten

Nach schwäbischer Hausfrauenart

Mittwochmorgen – Frühhandlung in der Krypta des kleinen schwäbischen Kirchleins. Es sitzt nur ein Mensch im Raum. Die rührige, einzige Ministrantin, eine ältere schwäbische Hausfrau, hat gerade die sieben Kerzen am Altar entzündet. Da bleibt ihr Blick an der rechten Blumenvase haften und mustert die Blumen. Entschlossen ergreift sie die Vase, wendet sich samt dem noch brennenden Kerzenanzünder zu dem einzigen anwesenden Gemeindemitglied, hält ihm die Vase mit besorgtem Blick entgegen und fragt hastig: »Ha, Frau G. – kamma die no nämme?«

Da lachen ja die Engel!

Ein neues Mitglied hatte ministrieren gelernt und wollte dies nun auch regelmäßig ausüben. Da der Mann berufstätig war, bevorzugte er die frühe Weihehandlung am Mittwoch um 6.30 Uhr. Die Kapelle unter der Kirche war sehr kurz und breit, sodass das Ministrantentischchen auf gleicher Höhe mit der Altarstufe stand.

An diesem Morgen war er etwas spät gekommen und der junge Pfarrer half ihm bei den Vorbereitungen, damit der Gottesdienst noch rechtzeitig beginnen konnte. Außer Ministrant und Pfarrer war keine sichtbare Gemeinde anwesend. – In der Opferung hielt nun der Ministrant ganz richtig das Rauchgefäß hoch, damit der Priester den Weihrauch einfüllen konnte – aber das Schälchen mit dem Weihrauch dazu hielt er nicht bereit. Der Pfarrer machte eine kleine, deutende Handbewegung. Als der Ministrant mit einem kleinen Schrecken bemerkte, dass etwas fehlte, drehte er sich zum Tischchen, ergriff etwas und hielt dem Pfarrer nun das Glöckchen neben das Weihrauchfass! Eine abermalige deutende Bewegung und ein deutlicheres Erschrecken war bemerkbar. Dann endlich kam tatsächlich das Weihrauchschälchen und der Kultus konnte sachgemäß fortgesetzt werden.

Einige Stunden danach lag der Ministrant mit hohem Fieber im Bett. Der Pfarrer kam nie mehr so sehr in Versuchung, während des Kultus zu lachen.

Norddeutsche Seelenart

In einer norddeutschen Gemeinde kam eine Ministrantin werktags in die Sakristei – und fand schon zwei Ministranten in Gewändern vor – irgendjemand hatte sich versehen. Ohne eine endgültige Klärung des Sachverhaltes abzuwarten wandte sie sich wieder zur Tür und sagte: »Ach, macht nix – setz mich in' n Laden und guck zu!«

Der ›abwesende‹ Ministrant

Es war Sommer, als ein neu zugezogenes Mitglied zum ersten Mal am Sonntag ministrierte. Der Pfarrer lernte den jungen Mann erst in der Sakristei kennen. Alles ging gut bis nach dem Credo. Da kam der junge Mann, um das Buch von links auf die rechte Altarseite zu bringen. Als er das Buchpult ergriffen hatte, blieb er in dieser Stellung ruhig stehen. Nach einigen langen Sekunden blickte der Priester fragend nach links in ein merkwürdig abwesend wirkendes Gesicht. Leise flüsterte er dem Ministranten zu: »Nach rechts außen!« Keine Reaktion. Ein zweiter flüsternder Versuch des Priesters: »Ist Ihnen nicht gut?« Wieder keine Reaktion. Da hakte der Priester den ohnmächtig dastehenden Ministranten unter, um ihn festzuhalten, und warf der Ministrantin einen deutlichen SOS-Blick zu. Keine Reaktion – sie weilte auf ihre Art in einer anderen Region.

Währenddessen liefen im Eiltempo zwei Frauen aus der hintersten Reihe zum Ort des Geschehens – und ließen den Ohnmächtigen sanft zu Boden gleiten. Jetzt erschien auf seinem bleichen Antlitz ein fragend-empörter Ausdruck und er machte laufende Bewegungen mit den Beinen in der Luft wie die Hirten im Weihnachtsspiel. So kam er wieder zu sich. Inzwischen hatte sich männliche Hilfe eingefunden und der Mann konnte wieder auf die Beine gestellt und in die Sakristei geführt werden. Kurz danach staunte die Gemeinde nicht schlecht: Zum ersten »Ja-so-sei-es« in der nachfolgenden Opferung stand der Ministrant gut erholt wieder auf seinem Posten!

Nachher lobte ihn der Pfarrer für seine Standfestigkeit und für die gut ausgesuchte Pause zwischen Credo und Opferung für seine Ohnmacht, wodurch der Kultus so wenig wie möglich gestört worden war. Aber ministrieren mochte er seitdem doch nicht wieder …

Spaß möet sin bi de Liek, sonst geit keen mit!

Harring J., ein altes Gemeindemitglied, ist gestorben. Die Trauergemeinde ist zur Kremation versammelt. Während der Priester, zur Gemeinde gewendet, auf das Leben des Verstorbenen zurückblickt, setzt sich leise und möglichst unauffällig die linke Ministrantin in die erste Bank – sie weiß aus Erfahrung rechtzeitig der Wackligkeit ihres Kreislaufes zu begegnen. Aber es hilft nicht mehr: Sachte sinkt sie zur Seite. Scheppernd entgleitet ihr das Weihrauchschälchen samt Löffel. Die Körner ergießen sich in weitem Bogen auf den Sisalteppich.

Ein Mann aus der Gemeinde springt beherzt bei, hebt sie im ›Brautgriff‹ auf und trägt sie eilends zum Ausgang, ohne zu bemerken, dass der Weihrauchkessel mit der glühenden Kohle, von der Ministrantin fest umklammert, über den Teppich mitgeschleift wird. Die Pfarrersfrau läuft zunächst vergeblich hinterher; eine Hebamme würdigen Alters tritt dem Zug still, aber entschlossen entgegen, entwindet der Ohnmächtigen das Rauchfass, übergibt es der Pfarrfrau, die wiederum reicht es weiter an die standhaft gebliebene rechte Ministrantin. Sodann bückt sie sich vor der ersten Reihe nieder, hebt das Schälchen auf, sammelt in angemessener Frist so viele von den kostbaren Weihrauchkörner wie möglich wieder ein, steckt noch das Löffelchen dazu, um auch dies alles an die rechte Ministrantin zu übergeben.

Der Priester, der das ›Zwischenspiel‹ schweigend mitverfolgt hatte, sagte daraufhin laut und vernehmlich: »Danke!« – und setzte seine Ansprache fort. – Da tut sich hinten die Türe auf, es kommt jemand in gemessener Eile nach vorne: Der Mann, der die Hilflose hinaustrug – jetzt hat er das Ministrantengewand an und stellt sich ganz selbstverständlich auf den leer gewordenen Platz neben den Priester. Vorsichtig sucht er mit den Augen nach den Gerätschaften, die der ersten Ministrantin entfielen. – Nicht zu sehen von seinem

Platz aus. Also Geduld. Als im Vollzug des Kultus die Stelle erreicht ist, wo geräuchert werden soll, wendet sich der Priester der rechten Ministrantin zu, nimmt ihr Weihrauchschälchen und Rauchfass ab, übergibt beides ordentlich dem neuen Ministranten, und die Räucherung kann vollzogen werden. Ruhig nimmt die Handlung ihren vorgesehenen Verlauf bis zum Ende.

Nach der leisen Anspannung der Trauergemeinde, durchzogen von unterdrücktem Schmunzeln, lässt die Schlussmusik die Menschen aufatmen. Der Verstorbene, der im Leben bekannt war für seinen Humor, kann eigentlich auch nur heiter auf diese seine Trauerfeier geblickt haben. Es war ein Rosenmontag …

Göttliches Zeichen?

Wochentag. Wie gewohnt sitzen einige Menschen in der Kirche, um die Menschen-Weihehandlung mitzufeiern. Eingangsepistel – Evangelienlesung – Credo – Beginn der Opferung – kleine Räucherung. Und als der Weihrauchkessel mit kleinem, behutsamem

Schwenk um den Kelch geführt wird, steigt deutlich und unübersehbar ein wohlgeformter Rauchkringel auf, so groß wie eine weit gespreizte Hand. Mit leichtem Taumeln steigt der Kringel über dem Kopf des Zelebranten immer höher, bis er in der Luft vergeht. – Der Rauchkringel als Vorstufe zum Heiligenschein?

Vielleicht lasse ich mir diesen Weihrauch patentieren

Voreilig

Die Priesterin hat das erste Gebet der Opferung gesprochen, die linke Ministrantin bringt das Tablett mit den Kännchen. Und als sich die Priesterin mit dem Kelch in der Hand der Ministrantin zuwendet, bemerkt sie mit einem kleinen Schrecken, dass auf dem Tablett nur ein Kännchen steht, in dem der Wein zu sehen ist. Als sie mit fragendem Blick und einer Geste zu verstehen gibt, dass sie etwas vermisst, flüstert die Ministrantin, die in der Sakristei vorsorglich selbst Wein und Wasser zusammengegossen hatte, um die Priesterin zu entlasten: »Is schon drin!«

Konstruktionsfehler

Die linke Ministrantin hatte die Kännchen mit Wein und Wasser verkehrt herum auf das Tablett gestellt, sodass die Henkel nach der falschen Seite zeigten und der Priester bei der Opferung mit umständlichen Bewegungen den Kelch füllen musste. Später in der Sakristei macht sie der Priester auf das kleine Missgeschick aufmerksam, das sie gar nicht begriffen hat. Sie hatte sich nur darüber gewundert, dass der Priester so merkwürdige Bewegungen gemacht hatte. Um es ihr zu verdeutlichen, sagt er zu ihr: »Die Griffe an den Kännchen waren auf der falschen Seite.« Und als sie immer noch nicht begreift, fügt er hinzu: »Wenn Sie mal in die Stadt kommen, seien Sie doch so gut und sehen mal nach, ob Sie nicht Kännchen finden, die die Griffe auf der richtigen Seite haben!«

Aus dem Religionsunterricht

Und wer macht die Feinarbeit?

In einer dritten Klasse unterrichtete die begnadete Religionslehrerin Else Schmück und erzählte den Kindern vom Kampf des Erzengels Michael mit dem bösen Drachen, der mit dem Sieg des göttlichen Streiters endete. Nach einer Pause des Schweigens fragte die Lehrerin die Kinder: »Warum gibt es denn das Böse heute noch, wenn Michael den Drachen doch besiegt hat?« Nach einer abermaligen Pause meldete sich ein Junge und antwortete: »Michael hat den Drachen schon besiegt, aber nicht getötet – nur so das Gröbste!«

Bumerang

Dierk Schneider war ein beliebter Religionslehrer, weil er Bekennermut zum Göttlichen mit Humor verbinden konnte. Als er einmal über den Schulhof der Waldorfschule kam, wo er zu unterrichten hatte, wollte ihn ein Schüler der Oberstufe provozieren, indem er ihm lauthals über den Schulhof zurief: »Herr Schneider – ich habe heute Nacht den lieben Gott gesehen!« Worauf Dierk Schneider dem Schüler wie aus der Pistole geschossen antwortete: »Hoffentlich hat er dich nicht erkannt!«

Einehe – pragmatisch gerechtfertigt

In einer schwäbischen Waldorfschule besprach der Pfarrer in der zwölften Klasse die sieben Sakramente. Als über die Trauung gesprochen wurde, fragte er, was die lebenslange Einehe wohl für einen Sinn habe. Einer der jungen Männer antwortete überzeugend: »Ha Herr Gädeke, i hab seit a paar Woche a Freundin – und i muass sage: i bi voll ausglaschtet!«

Der Abstieg eines Heiligen

Der ältere Pfarrer darf noch einmal eine erste Klasse im Religionsunterricht übernehmen. Er tut es mit

Freude und macht offenbar Eindruck. Denn nach einer Stunde, als die anderen schon gegangen sind, klettert ein kleines Mädchen vor ihm auf einen Tisch, schaut ihm in die Augen und flüstert mit verklärtem Blick: »Du bist heilig!«

Aber irgendwann folgt die Ernüchterung. Fünf Jahre später, in einer frühpubertären Antipathiephase, sagt dasselbe Mädchen zu demselben Pfarrer: »Du stinkst!«

Phantasie wird nicht bestraft

Religionsstunde in der sechsten Klasse. Noch bevor es richtig losgeht, kommt Jakob nach vorn zur Lehrerin: »Frau H., ich muss mal aufs Klo.«

»Nein, das ist doch nur eine Ausrede.«

»Nee, wirklich, ich muss dringend.«

Die Lehrerin gibt nicht nach und wendet sich anderen Schülern zu. Da – auf einmal ein leises Plätschergeräusch. Sie dreht sich um und sieht Jakob in der Ecke stehen, den Rücken zur Klasse – er pinkelt. Die Haltung ist eindeutig und es läuft auf den Boden. Die Mitschüler reißen teils entsetzt, teils amüsiert die Augen auf.

Da geht Jakob seelenruhig zum Waschbecken und – wirft den ausgedrückten Schwamm hinein. Es war nur vorgetäuscht! Aber die Inszenierung war so perfekt in Pose und Geräusch, dass die Lehrerin den Witz dieser gekonnten Vorführung nur anerkennen kann.

Von den Begründern

Tempeldienst am Kollegen

Friedrich Rittelmeyer hatte viel Sinn für Humor. Bei einer Zusammenkunft vieler Pfarrer (Synode oder Tagung) kam ein Teilnehmer etwas spät in die Sakristei. Der Betroffene war natürlich peinlich berührt, denn seine Mitpriester standen alle schon im Ornat da und es herrschte Stille. Einer der Kollegen half ihm in die Gewänder, damit es schneller ginge. Er legte dem kleinen, aber sehr beleibten Kollegen von hinten den Gürtel um. Diese Geste sah Rittelmeyer und sagte: »Und der Engel maß den Tempel« (in freier Variation von Apokalypse 11,1). Alle Peinlichkeit war verschwunden.

Wandervögel

In Bremen, wo die jugendbewegten Pfarrer wie an vielen anderen Orten auch ihre Bräuche aus der Wandervogelbewegung in das neu entstehende Gemeindeleben einbrachten, fanden einige ältere Mitglieder an einem schönen Sonntagmorgen um zehn Uhr einen

Zettel an der Tür des Raumes, wo die Menschen-Weihehandlung stattfand. Darauf war zu lesen: »Die Menschen-Weihehandlung hat bereits stattgefunden – wir sind auf Fahrt!«

Kämpferisch im Glauben

Einer der sehr künstlerischen und originellen Choleriker unter den Begründern war Wolfgang Schickler. Er war in Heidenheim tätig, hatte eine scharfe Zunge und eine spitze Feder. In seinem Zimmer hing ein Bihänder (ein großes Schwert) an der Wand. Als einmal ein Gegner einen unqualifizierten Vortrag über die Christengemeinschaft gehalten hatte, schrieb er diesem: »Sollten Sie noch einmal versuchen, einen solchen Vortrag zu halten, sehe ich mich gezwungen, Sie mit meinem Bihänder zu besuchen.«

Musikalische Züchtigung

Wolfgang Schickler konnte aber auch zartere Töne anschlagen. So spielte er – in Ermangelung anderer Musik – bei der Sonntagshandlung für die Kinder selber am Altar die Geige. In den kleinen Räumen, die den Gemeinden zur Verfügung standen, konnte das Instrument nahe dem Altar bereitliegen. Auch die Kinder standen in der Nähe des Altars. Allerdings nicht ›in Reichweite‹. So konnte es geschehen, dass Herr Schickler einen Jungen, der sich nicht schicklich verhielt, mit seinem Geigenbogen, den er gerade in der Hand hielt, wieder zur Räson brachte!

Vom Lauschen

Einer der originellsten (und zuweilen skurrilsten) Originale des Begründerkreises war Friedrich Doldinger. Er war im katholischen Radolfzell aufgewachsen und hatte sich seinen alemannischen Dialekt bis ins Alter bewahrt. So hat er auch in diesem Idiom gedichtet. Als Maler, Musiker und Dichter war er weithin geschätzt. Um die hochdeutsche Aussprache hat er sich aber bemüht – bis hin zu einem hanseatischen s-t und s-p, zum Beispiel im Worte S-prechen. Da er eine zarte Tenorstimme hatte, wurde er oft akustisch nicht gut verstanden. So geschah es, dass er am Anfang eines Vortrages unterbrochen wurde durch den Zuruf: »Lauter bitte!« Er aber antwortete langsam und leise: »Ich – s-preche – nicht – lautär – – Szie – müssen – laiser – szein!«

Missglückte Selbsterziehung

Wie viele seiner Kollegen predigte er lange und ausführlich, auch in der Menschen-Weihehandlung. Als ihm einmal deutlich geworden war, dass in der Kürze die Würze liege, stellte er einen Wecker auf die Kanzel. Vor der Predigt stellte er ihn auf eine bestimmte Zeit ein und begann zu predigen. Als der Wecker laut klingelte, stellte er ihn ab – und predigte weiter, indem er auf das Bild der großen Weltenuhr überleitete …

Bescheidenheit beim Sündigen

Doldingers Predigten waren oft sehr originell. So hielt er in einer Gemeinde den Konfirmanden einmal folgende Ansprache: »Liebe – Konfirmanden! – Wenn ihr jetzt älter werdet, werdet ihr merken, dass man im Leben mit verhältnismäßig wenig Sünden auskommt.«

Die eheliche Zensorin

Doldingers Frau, einige Jahre älter als er, konnte und durfte ihn kritisieren, wenn die schöpferische Phantasie in seinen Vorträgen mit ihm durchging. So sagte sie einmal zu ihm nach einem Vortrag: »Friederich – das war Kultursalat!«

Rohkost ist gesund

Bei treuen Ur-Mitgliedern in Konstanz war Doldinger einmal zum Essen zu Besuch. Es war im zeitigen Frühjahr, und die Gastgeberin hatte den Tisch mit einem Veilchensträußchen geschmückt. Er nahm das Väschen, sog bedächtig den Duft ein – und danach nahm er mit Grazie ein Veilchen nach dem anderen heraus, um es lächelnd zu verspeisen.

Herr Pfarrer!
Mir sen zwar Schwoba, abr trodsdem
geits heit ebbes Warms zessat.

Dogmenfreie Kirche

Nach einem öffentlichen Einführungsvortrag über die Christengemeinschaft wurde Dr. Doldinger in der Aussprache gefragt: »Wie stellt sich die Christengemeinschaft zum Fleischgenuss?« Seine Antwort: »Sie setzt sich!«

Die Realität des innerlich Erlebten

Professor Hermann Beckh, Jurist und Indologe, war der Typus des zerstreuten Professors. Er lebte ganz in alten Texten, in der Musik Wagners und Bruckners, in den Geheimnissen einer spirituellen Astronomie und vor allem in der Anthroposophie. Alles Geistige war ihm sehr real, sodass die Realität des Irdischen und des Sinnlichen leicht dahinter zurücktrat. So geschah es einmal, dass er im vollen Priesterornat den Weiheraum zum Gottesdienst betrat voller innerer Konzentration – die linke Hand um den Knauf des Kelches gelegt, die rechte ruhte auf der Patene. So schritt er in den Weiheraum. – Aber Kelch und Patene waren äußerlich nicht vorhanden!

›Brandeilige‹ Briefe

Beckh versucht verzweifelt, in einen Kasten an der Straße Briefe ›einzuwerfen‹. Ein Gemeinde-Mitglied, das zufällig vorbeikommt, möchte helfen und entdeckt: »Herr Professor, das ist doch ein Feuermelder!«

Der zerstreute Professor

Beckh kommt morgens zum Friseur. Dieser ganz erstaunt: »Herr Professor, Sie sind ja noch im Schlafanzug.« Beckh ist es furchtbar peinlich, er wagt sich nicht wieder auf die Straße zurück. Schließlich hat der Friseur die rettende Idee: Der Lehrling wird zu ihm nach Hause geschickt und bringt die Kleidung.

Fettnäpfchen

Einer der Begründer, der aus Norddeutschland kam, hatte sich – wie viele seiner sächsischen und süddeutschen Kollegen – seinen heimatlichen Tonfall bewahrt. Er war kein Akademiker wie die meisten anderen und er war stolz auf seine einfache Herkunft. So waren nicht nur sein Tonfall, sondern manchmal auch Wortwahl und Satzbau dem Inhalt dessen, was er sagen wollte, nicht so ganz gewachsen. Er soll es gewesen sein, der den inzwischen berühmten Predigtanfang zum ersten Advent geliefert hat: »Liebe Gemeinde! Wenn wir nun in die blaue Farbe treten …«

Honni soit qui mal y pense

(Ein Schuft, der Schlechtes dabei denkt)

In einem Alter, wo andere längst im Ruhestand leben, hat derselbe einmal mit zwei ganz jungen Priestern eine Wochenendtagung vorbereitet. Das Programm wurde gemeinsam – sehr kollegial – vorbesprochen.

Da tauchte die Frage auf, bis wann die Tagung genau dauern und ob am Sonntag nach der Weihehandlung noch etwas stattfinden solle. Da sagte er: »Natürlich müssen wir hinter der Weihehandlung noch etwas hinmachen!«

Lebensgefühl im Alter

Ludwig Koehler, der seine sächsische Herkunft bis ins hohe Alter nicht verleugnen konnte, fuhr einmal von Stuttgart gen Norden. Ein junger Pfarrer gesellte sich zu ihm ins Raucherabteil, weil er die Gelegenheit ergreifen wollte, einmal ausführlich und in Ruhe mit diesem Begründer zu sprechen. Unter anderem fragte er ihn, wie man sich denn mit über achtzig fühle. Da setzte Ludwig Koehler sein verschmitztes Lächeln auf und sagte, fast ohne seinen Unterkiefer zu bewegen: »Ach wissen Se, es is im Grunde genomm forchbar gomisch, dass mer nich mehr so hippen gann!«

Negative Theologie

Rudolf Frieling war ein Meister der Sprache, der Formulierungskunst und des Humors. So sprach er zum Beispiel vom Tode als der »Zwangseinweihung«, vom Nachthemd als der »Zivilalba« etc. Er machte dabei immer ein todernstes Gesicht, sodass man leicht seine witzigen Formulierungen verpassen oder überhören konnte. – In den siebziger Jahren hielt er bei einer Tagung im Congress-Centrum in Hamburg eine Reihe von Vorträgen. Dabei erläuterte er den Begriff des Opfers in der Weihehandlung. So schloss er zunächst eine unsachgemäße Vorstellung vom Opfer mit den Worten aus: »Opfer heißt nicht, sich im Schweiße seines sauren moralischen Angesichtes etwas abzuzwacken!«

Pünktlichkeit

Rudolf Frieling war ein Ausbund an Pünktlichkeit und litt unsäglich, wenn er bei größeren Veranstaltungen, bei Vorträgen oder Synoden nicht pünktlich beginnen konnte. So sagte er einmal bei einem Vortrag: »Wer es mit der Pünktlichkeit schwer hat, dem eröffnet sich eine hervorragende Übungsmöglichkeit auf dem Felde der Selbsterziehung!«

Der Lenker im Offizierscasino

Selbst beim Militär im Zweiten Weltkrieg war sein Humor bekannt und geschätzt. Sein Vorgesetzter, Hauptmann Klebe, ließ ihn einmal bei einer Feier unter Offizierskollegen extra herbeirufen und befahl: »Frieling – auf den Tisch, Witz machen!« Gehorsam stellte er sich auf den Tisch und sprach mit todernster Miene: »Klebe, wie du, wenn du stirbst, wünschen wirst, geklebt zu haben!« Das brüllende Gelächter der Offiziere schützte ihn vor Maßnahmen seines Vorgesetzten.

Sprachverbiegung

Rudolf Frieling fuhr nicht selber Auto. Und so war er sehr dankbar, dass eine Dame namens Bril ihn gerne fuhr, wenn es nötig war. Am Ende einer Synode in Dornach fragte ihn Dr. Schühle: »Wie kommen Sie heim?« Worauf Dr. Frieling antwortete: »Mit dem Automo-Bril!«

Endung gut – alles gut!

Ludwig Koehler verkündete das Evangelium an hohen Festtagen gerne aus dem griechischen Urtext lesend. Zu einer Weihnachts-Mitternacht hob er also an, aus dem Matthäus-Evangelium vorzulesen, das da im ersten Kapitel lautet: »Dies ist das Evangelium Jesu Christi …« Im Griechischen sind aber die Endungen anders, nämlich »Jesu Christu«. Da ›St. Ludwig‹, wie er liebevoll genannt wurde, außerdem sein Leben lang die Herkunft aus Naumburg/Saale nicht verleugnen konnte, klangen, den griechischen Urtext vor Augen, die ersten Worte für die entzückte Gemeinde also so: »Dies ist das Äffangäljum Jäsu Christu – äh – i!«

Gut geraten!

In den zwanziger Jahren ging Emil Bock nach einem Vortrag in Berlin mit zwei Kollegen ins ›Haus Vaterland.‹ Am Nebentisch saßen drei Rheinländerinnen. Es kam zu einem freundlichen Geplänkel. Da fragte sie Bock: »Und wisst ihr auch, wer wir sind?« Eine antwortete: »Abr ja, drei katholsche Kaplänsche!«

Behörden soll man beim Buchstaben nehmen

Bei einem Vortrag in Berlin nach 1933 fragen zwei Herren von der Gestapo nach einem Herrn Rittelmaier – so steht es auf ihrem Zettel. Emil Bock lässt sich den Zettel zeigen und sagt dann sehr bestimmt: »Rittelmaier mit a-i kennen wir nicht!«

Bedenke das Ende!

Predigen ist eine hohe Kunst. Und manchmal passieren dabei merkwürdige Dinge. Zu Epiphanias soll ein Pfarrer von den drei Königen – Caspar, David und Friedrich – gepredigt haben. Und ein anderer schloss seine Predigt über das nachtodliche Dasein mit den Worten: »Und dann kann es sein, dass man an dem Christus vorbeigeht und ihn gar nicht sieht! – Ja, so sei es!«

Von Pfarrern und Pfarrfrauen

Schwäbische Fürsorgepflicht

Ein junger, unverheirateter Pfarrer aus Norddeutschland wurde in eine kleine schwäbische Gemeinde zu einem weit über sechzigjährigen, ehrwürdigen Kollegen entsandt. Jeden Mittwoch nach der Konferenz durfte er mit dem Pfarr-Ehepaar zu Mittag essen. Es gab Pfitzauf, Ofenschlupfer und andere schwäbische Köstlichkeiten. Aber der junge Pfarrer tat der Pfarrfrau offensichtlich Leid, weil er nicht verheiratet war. So sagte sie beim ersten Mittagessen nach seiner Einführung in die Gemeinde zu ihm: »Ha, Herr X., jetzt müasset mir nur noch a Frau für Sie suache …!«

Den jungen Pfarrer stach der Hafer. Ihr Honoratioren-Schwäbisch (z.B. habbet statt hent) imitierend, fragte er: »Ja, was habbet Sie denn zum biete, Frau Y.?« Sie ging ganz ernst darauf ein, in der Vorstellung die jungen Damen der Gemeinde mit prüfendem Blick betrachtend, indem sie so vor sich hinsagte: »Da habbet mir s'Gertrudle S. – die dunkle, die wo bei Ihrer Einführung in der letschte Reih gsesse isch – die isch Krankeschweschter – – aber noi, die isch z'groß für Sie un au scho siebenezwanzig – die isch z'alt! Und denn isch da no d'Friedhilde – wisset Se, des isch die Tochter von d'r Frau S., die de Minischstranteplan macht. Die isch erst siebzehn … noi, des geht au net, wisset Se, die hat so A'fäll …«

Die ringende Seele

Nach diesem Fehlschlag gab sie die Suche scheinbar auf. Es entging ihr aber nicht, dass der Pfarrer ein- bis zweimal in der Woche Post bekam; zu ihrem Leidwesen allerdings mit verschlüsseltem Absender. Denn er wohnte zunächst in einem Kellerzimmer unter der Kirche, nur spärlich erhellt durch einen Lichtschacht, und teilte den Briefkasten mit dem Pfarrerehepaar, das neben der Kirche im Pfarrhaus lebte. – Auch war alle paar Wochen »a Mädle in d'r Kirch. Sie isch immer glei fort. M'r hat se net kennt!« Aber die Pfarrersfrau hat sich schon gedacht, wer das sein könnte.

Das kam jedoch erst ein Jahr später heraus, als der junge Pfarrer mit seinem Auto in den Urlaub fahren wollte. Er hatte sich bereits in aller Form von der Pfarrfrau, die im Garten arbeitete, verabschiedet, da richtete sie sich vom Unkrautzupfen vor der Kirche noch einmal auf und fragte den jungen Pfarrer, der gerade in sein Auto einsteigen wollte, mit hochrotem Kopf: »Ha, Herr X, fahretse eigentlich alloi nach Italie?« Die Antwort lautete kurz: »Nein, Frau Y.« Darauf diese: »Ha – i han's eigetlich net frage welle.« Schleunigst verschwand der junge Pfarrer in sein Auto, er hatte einen tiefen Blick getan in eine mit sich ringende Pfarrfrauen-Seele.

Die Wiederkehr des Gleichen

Wieder ein Jahr später war Hochzeit. Das alte Pfarrerehepaar war Trauzeuge vor dem Standesamt und die Pfarrfrau war tief befriedigt, dass der junge Pfarrer nun unter der Haube war. – Als er wenig später neu entsandt wurde, kam es zu einem letzten gemeinsamen Mittagessen der beiden Pfarrer-Ehepaare. Es wurde über den Nachfolger gesprochen. Er war aus derselben Weihegruppe wie der junge Pfarrer, fast gleich alt und unverheiratet. Als das der alten Pfarrfrau so recht zum Bewusstsein kam, seufzte sie aus tiefster Seele und brachte die Worte hervor: »Jetzt geht des Suache wiedr aą …«

Praktische Reinkarnationsforschung

Ein jüngerer Pfarrer saß mit einem älteren zusammen im Auto. Den jungen stach wohl ein wenig der Hafer. Es war die Rede auf vorige Erdenleben gekommen. Der ältere Freund machte schon öfter eine Anspielung darauf, wer er in früheren Zeiten gewesen sei und dass er das wüsste. Da sagte der Jüngere – sie hatten inzwischen angehalten – ein wenig lässig zurückgelehnt in seinem Autositz: »Ich weiß, wer Sie meinen gewesen zu sein.«

»Ist das wahr? Na, sagen Sie es schon«, kam dann mit großer Aufregung.

»Giordano Bruno!«, sagte der Gefragte!

»Sie sind der Dritte, der mir das sagt! Sind das eigene Forschungen?«

Auf diese mit großer innerer Erregung gestellte Frage sagte der Jüngere mit lässig gespielter Souveränität, den Augenblick genießend:

»Ja!«

»Erzählen Sie! Wie sind Sie darauf gekommen?«

Nach einigem Schweigen kam die Antwort: »Man muss Ihnen nur lange genug zuhören, dann lassen Sie es immer wieder durchschimmern, dass Sie meinen, Giordano Bruno gewesen zu sein.«

Das Ende vom Lied mag sich jeder selbst vorstellen.

Von den Unmöglichkeiten der Raumeswelt

Zwei Pfarrerehepaare machen einen gemeinsamen Ausflug mit dem Auto. Das ältere Ehepaar sitzt hinten, der jüngere Pfarrer fährt den Wagen. Der ältere, nicht gewohnt, sich fahren zu lassen und das Steuer nicht selbst in der Hand zu halten, hat Schwierigkeiten mit der Fahrweise seines Kollegen. Er schließt oft die Augen, seufzt leise. Seine Frau bemerkt, dass es ihm nicht gemütlich ist. Sie kann das zwar verstehen, will ihm aber auch klar machen, dass er nicht sehr viel anders fährt und sagt: »Setz du dich erst mal bei dir hinten rein!«

Das ist die Ausführung CG ...
... mit mehreren Lenkern.

Gesundes Selbstwertgefühl

In der Seminarzeit, wohl Ende der fünfziger Jahre, aß man zusammen im Gemeindehaus in der Werfmershalde. Karl Ogilvie, der am vorangegangenen Sonntag gepredigt hatte, saß auch mit am Tisch. Ein Seminarist, der diese Predigt gehört hatte, saß neben ihm und wollte ihm ein Kompliment machen: »Das war eine schöne Predigt, Herr Ogilvie!« Darauf Ogilvie: »Ja, deshalb habe ich sie gehalten.«

Peinliche Verzweiflungstat

Ein Pfarrer legte größten Wert darauf, die sogenannte ›bürgerliche Mittagsruhe‹ auch wirklich für seine eigene Ruhebedürftigkeit nutzen zu können. Die großen Kinder waren darauf getrimmt, ihre Freunde so zu erziehen, dass sie in dieser Zeit nicht mit Telefonanrufen störten. Natürlich passierte es dann und wann doch.

Einmal an einem Wochenende häuften sich diese Anrufe zur Unzeit und gerade hatte der Pfarrer seinem jüngsten Sohn wieder einmal erklärt, dass er eigentlich nur bei einem Sterbefall jederzeit, auch nachts, angerufen werden kann, als das Telefon gegen 14.00 Uhr erneut klingelte. Noch war der Ärger über den gestörten Samstag-Nachmittagsschlaf nicht verraucht; entschlossenen Schrittes eilte der Pfarrer selbst zum Telefon, nahm den Hörer ab und ohne seinen Namen zu nennen, fragte er streng: »Ist das ein Todesfall?« – Er erbleichte, denn am anderen Ende meldete sich die zarte Stimme einer Kollegenfrau mit der Nachricht, dass ihr Mann soeben ins Krankenhaus gebracht worden war …

Die eruptiv aufsteigende Schadenfreude, die sich bald in hemmungslosem Gelächter zu entladen drohte, wurde von den beiden anwesenden Söhnen nur mit äußerster Selbstbeherrschung vorerst unterdrückt: Einer warf sich sofort aufs Sofa und biss in die Polster, der andere flüchtete in die Küche, um sich den Mund mit Geschirrhandtüchern hermetisch zu verschließen – bis das verhängnisvolle Gespräch beendet war. Dann gab es kein Halten mehr …

Diese Episode dürfte zu den herrlichsten Jugenderinnerungen an das elterliche Pfarrhaus gehören! Als sich alle wieder gefasst hatten und der Pfarrer in sich gegangen war, hat er sich telefonisch bei der Kollegenfrau entschuldigt – aber erst nach 15.00 Uhr!

Eine Da-Seins-Frage

An einem Werktag hat ein Pfarrer einen runden Geburtstag. Die Gemeinde bittet nach der Weihehandlung zu einem kleinen Empfang. Es gibt Musik, Reden, Geschenke, zwangloses Beisammensein. Auch die Repräsentantin des örtlichen Zweiges der Anthroposophischen Gesellschaft, in dem der Jubilar aktiv mitarbeitet, hält eine Dankesrede. Sonst sieht man sie nicht in der Gemeinde und das Verhältnis zur älteren Priesterin ist nicht gerade ein freundschaftliches. Zufällig treffen sich die beiden Seniorinnen beim anschließenden Büfett. Die Anthroposophin, um humorvolle Lockerheit bemüht, sagt: »So, Sie kommen zum Essen?« Worauf die Pfarrerin etwas indigniert antwortet: »Nein, ich war vorher auch schon da.«

Vorschusslorbeeren – selbst gepflückt

Ein Pfarrer ruft seinen auswärtigen Kollegen an, um eine kurze Auskunft, die erbeten war, zu geben und fragt anschließend noch: »Gibt es sonst was Neues?«

»Nein, eigentlich nicht, außer dass ich gleich eine unglaublich gute Abendpredigt halten werde.«

Auch ein taubes Huhn findet mal ein Korn

In der Gemeinde in Kiel hält Pfarrer Klaus Fischer einen Sommerkurs mit Naturbetrachtungen. Er schildert den Bauernhof. »Die Bäuerin ruft das Kleinvieh. Die Enten kommen und die Hühner spitzen die Ohren.«

Von der moralbildenden Kraft der Mythen

Dr. Schühle spricht in einem Vortrag darüber, was man tun kann, wenn sich die Seele mit ihrem Begehren zu stark meldet, – »wenn der Astralleib ins Kraut schießt.« Er erklärt es mit einem Bilde aus der Mythologie und sagt mit erhobener Stimme: »Die Asen (die germanischen Götter) trieben den brünstigen Eber auf ein Schneefeld« – und dann mit sinkender Stimme fortfahrend: »... und er ermattet!«

Daraufhin gab es in der Konferenz unter den jüngeren Kollegen ein geflügeltes Wort, das bei entsprechenden Gelegenheiten der verkürzten Verständigung diente: »Schneefeld!«

Vom Seminar

Wohin des Wegs?

Die Tochter eines Pfarrers studierte am Seminar. Im Malunterricht bei Frau B. gab sie sich als ehemalige Waldorfschülerin große Mühe. Als aber die Dozentin durch die Reihen ging und den Seminaristen Anregungen und Korrekturen gab, sagte sie mit Emphase zu ihr: »Gehen Sie mehr ins Ätherische!« – Dies Freunden erzählend, fügte die Seminaristin schalkhaft, aber norddeutsch-nüchtern hinzu: »Und dann bin ich ins Ätherische gegangen!«

Knapp daneben ist auch vorbei

Ein Pfarrer, der viel Eheseelsorge-Praxis hatte, wurde von der Seminarleitung brieflich angefragt, ob er bei der jährlich stattfindenden Weiterbildung Neugeweihter einen Kursus über Eheseelsorge zu geben bereit wäre. Das Interesse wurde damit begründet: »Wir müssen etwas tun zur Konsolidierung der Eheprobleme.«

Original und Kopie

Ein Seminarleiter war in allem bemüht, die Geistesschulung so ernst zu betreiben, wie es nur ging. Sobald die kühlere Jahreszeit kam, war er in einen schwarzen, einreihig geknöpften, etwas taillierten Mantel aus elegantem Tuch gehüllt; dazu trug er einen schwarzen ›Ententeich‹ – so nannten wir die Sorte Hut mit breiter Krempe und rundem, einer Mulde ähnlichem Mittelteil. Er hatte oft eine schmale Kollegmappe bei sich, die er unter den angewinkelten Oberarm geklemmt hatte. Er trug sich ganz aus dem Schultergürtel und hatte infolgedessen einen kurzen, leicht tänzelnden, schwebenden Schritt.

In Stuttgart fand eines Tages ein bedeutender anthroposophischer Vortrag statt. Hunderte von Menschen strömten dorthin, darunter auch ein Seminarist. Als er von der Heidehofstraße in die Haußmannstraße einbog, probierte er, wie man sich so fühlt, wenn man sich aus dem Schultergürtel trägt, ein Buch unter dem Arm. Er fühlte sich in der Masse der Menschen sicher und völlig unbeobachtet, als er eilenden Schrittes von jemandem überholt wurde. Dabei schaute dieser dem

Experimentierenden freundlich ins Gesicht und eilte – ›Ententeich‹-behütet – im schwarzen Mantel eilends voran.

Wohin sie wohl geblickt hat?

Ein Seminarist, der nach dem Grundstudium am Seminar mehrere Jahre nicht in Stuttgart gelebt hatte, wurde in die Weihegruppe eingeladen. In der Eingangshalle wird er von zwei Damen empfangen. Eine von ihnen – die ehrwürdige, sehr anthroposophisch aussehende Priesterin und Ehefrau des Seminarleiters – begrüßt er mit Namen. Als diese ihn nicht sofort erkennt, stellt er sich vor. Daraufhin bricht sie in den emphatischen Ruf aus: »Ach, Herr X! – Haben *Sie* aber Substanz gebildet!«

Das war das erste Erlebnis des neuen Studenten am Priesterseminar !

Sie haben im Seminar ganz schön Substanz gebildet.

Schicksalsfrage

Herr Husemann leitete über viele Jahrzehnte das Priesterseminar in Stuttgart. Er gab viele Kurse selbst, so auch die Predigtkurse in den höheren Semestern. Eines Tages war er während eines solchen Predigtkurses erkrankt und die Kandidaten mussten ihm ihre Predigtentwürfe am Krankenbett vorlesen. Da lag er mit hoch gelegtem Arm, die Hand und den kleinen Finger verbunden. Und er sagte, wie zur Entschuldigung in seinem unvergesslich singenden, bedeutungsschwangeren Tonfall zu dem Seminaristen: »Ich habe eine Thromboose (die Stimme ging beim o in die Höhe) – ich weiß gar nicht, warum das jetzt noootwendig ist!«

Der Seminarleiter denkt ...

Zu den Besonderheiten der Christengemeinschaft gehört von ihrer Gründung an das Priestertum der Frau. Studierwillige beiderlei Geschlechts begegneten sich daher unweigerlich am Priesterseminar und es zeigte sich immer wieder, dass Amor selbst diese Stätte hoher Seelen- und Geistesschulung mit seinen Pfeilen nicht verschonte.

Es wird also jeder fühlende Mensch nachvollziehen können, dass die Seminarleitung nicht nur ein wachsames Auge auf die christlich-anthroposophische Geistesentwicklung ihrer Zöglinge zu richten hatte, sondern auch die Wirkensweise jenes griechischen Gottes scharf ins Auge fassen musste zum Schutze des eigentlichen Studienzweckes.

Als nun einmal ein Seminarist schon ganz nahe am Ziel seiner Ausbildung war, wurde er schwer von der Liebe zu dem Hausmädchen des Seminars heimgesucht, sodass er den Einstieg in die Vorbereitungsgruppe für die Priesterweihe für etliche Jahre zurückstellte. Tief enttäuscht über diesen ›Verlust‹ äußerte sich Herr Husemann einer Seminaristin gegenüber: »Man denkt, man hat ein nettes Mädchen im Haus – und dann *heiiiiratet – der – die!*«

Nachbild

Wohl unter diesem schmerzlichen Eindruck setzte er derselben Seminaristin unbarmherzig zu. Denn sie hatte Herrn Husemann ganz mutig eröffnet, seit zwei Jahren innigst mit einem weit im Studium fortgeschrittenen Seminaristen befreundet zu sein. Gründlich verunsichert und verängstigt von seiner heftigen Reaktion, suchte und fand sie Rat und Trost für ihre ungeklärten Zukunftsfragen bei Dr. Friedrich Benesch, dem anderen Seminarleiter. Er liebte seine Studenten und wusste, was sie brauchten.

In diesen Tagen hielt er gerade seinen ausgezeichneten, unnachahmlichen Kursus zu Goethes Farbenlehre. Als nun diese Studentin an der Reihe war, das seit Wochen vorbereitete Referat mit Experimenten über das Thema ›Nachbilder‹ vorzutragen, tönte mit einem Mal in eine Besinnungspause hinein die tiefe, warme, volle Stimme Dr. Beneschs, den Blick schalkhaft auf die Vortragende gerichtet: »Oh du mein Schatz, schenke mir nur einen Augenblick – damit ich dein Nachbild sehe …«

Die ganze Versammlung brach in schallendes Gelächter aus, jeder hatte verstanden, was gemeint war, denn das Missgeschick der Seminaristin hatte sich herumgesprochen. Damit war auch der letzte Rest an Kummer verflogen.

Drüben ist alles anders – totaliter aliter

»Wenn der Herr Pfarrer zuweilen ein Komödiant ist …« Mit dieser Begabung, geschickt eingesetzt, vermittelte Herr Husemann mitunter recht deutlich, wie sehr er selbst seine Persönlichkeit als eine ganz außerordentlich bedeutende unter den Priestern der Christengemeinschaft empfand. So ist es wohl nicht verwunderlich, dass der Ausdruck dieser Persönlichkeit sich leicht vor den Inhalt dessen schob, was vor den Studenten in den Kursstunden von ihm dargeboten wurde in der ihm eigenen Art.

Eine Studentin, die ihn während der letzten Semester seines Wirkens als Seminarleiter nachhaltig erlebt hatte, träumte einige Jahre nach seinem Tod:

Sie betritt den Himmel. Kleines, grau-weißes Gewölk bildet den Fußboden und so etwas wie eine Raumbegrenzung im Bildhintergrund. Im Vordergrund befinden sich zwei rohe Holzplatten auf Holzböcke gelegt, im rechten Winkel eng zueinander aufgebaut. Hinter diesen Tischen ragen drei Galgen auf, an denen noch Skelette baumeln, leise von einem Windhauch hin- und herbewegt. Niemand stört sich daran, sie gehören zu den Selbstverständlichkeiten dieses Ortes.

Um diesen provisorischen leeren Tisch sitzen Menschen nebeneinander in ihren irdischen Kleidern, aber als Verstorbene. Sie scheinen mehr oder weniger mit sich selbst beschäftigt, der Kontakt zueinander ist kaum wahrnehmbar.

Am Eingang dieser Szene einen Augenblick verharrend, die Menschen betrachtend, erkennt die Träumende Herrn Husemann. Zunächst wendet er ihr den Rücken zu, dreht sich aber um und sieht sie. Während sie besonnen, aber durchaus zielstrebig auf ihn zugeht, fragt sie sich: »Ob er mich wohl erkennt?« Da steht er auf, geht ihr entgegen, reicht ihr die Hand zum Gruß und sagt, verlegen lächelnd: »Ich bin jetzt einer unter vielen.«

An der Grenze zur DDR

Frechheit siegt

In den sechziger Jahren, nach dem Berliner Mauerbau, konnten die Pfarrer aus der DDR fast nie zur Synode ausreisen. Manchmal war es nötig, wenn eine Synode zum Beispiel in Basel und Dornach stattfand, über Prag und Wien in die Schweiz einzureisen. Dabei war es üblich, auf der Rückreise so viel wie möglich, besonders an Medikamenten und anthroposophischen Büchern, in die DDR zu schmuggeln. – Einmal hatte ein Pfarrer seinen zweiten Koffer bei der Einreise bei Bad Schandau voller Bücher. Es war Nacht und er war allein im D-Zug-Abteil. Als der Zöllner die Tür aufmachte und ihn und seine zwei Koffer sah, deutete er direkt auf den Koffer mit den Büchern und fragte barsch: »Was haben Sie da drin?« – Wie aus der Pistole geschossen kam die Antwort: »Bücher natürlich!« Der Zöllner bekam einen roten Kopf und schloss die Abteiltür wortlos, um nicht wieder zu erscheinen.

Prinzip Hoffnung

Ein Pfarrer konnte nach dem Mauerbau oft in die DDR reisen, weil er dort Verwandte hatte. Jedesmal nahm er außer Kaffee und anderen Gütern, die drüben nicht zu bekommen waren, auch anthroposophische Bücher, Medikamente und sonstige verbotene Sachen mit. Da er in vielen Jahren per Bahn oder Auto alles über die Grenze gebracht hatte – einschließlich des ›Archipel Gulag‹ von Solschenizyn – vertraute er auch weiterhin auf sein Glück, als er Anfang der achtziger Jahre wieder einmal im Auto allein in die DDR fuhr. Über zwanzig anthroposophische Bücher waren auf alle Taschen, Ablagen im Auto und Koffer verteilt; zwei Kisten Traubensaft für kultische Zwecke im Kofferraum, einige Kleinigkeiten für den Zollzettel und eine alte Schreibmaschine. Diese hatte ihm ein Mitglied für eine Priesterin in der DDR mitgegeben.

An der Grenze bei Marienborn angekommen, hoffte er, dass keine sächsische Frau die Zollkontrolle durchführen würde, denn mit denen hatte er bisher die meisten Schwierigkeiten gehabt. Und als er in einer der vielen Wartespuren langsam vorwärts rollte, stellte er mit Erleichterung fest, dass ein Mann in seiner Spur Dienst tat.

Als nur noch ein Wagen vor ihm war, gab es Schichtwechsel. Es kam eine Frau. Er öffnete sein Autofenster, und schon hörte er sie barsch fragen: »Gudn Daach – hamse was anzumelden?«

Ihm fiel das Herz in die Hose. Das konnte ja heiter werden! Sein Zollzettel war mit legalen Dingen voll ausgefüllt. Für Schreibmaschine und Bücher war kein Platz mehr gewesen. Als er als Erstes auf ihr Geheiß den Kofferraum öffnete, fiel ihr Blick gleich auf die Schreibmaschine.

»Was issn das?«

»Die Schreibmaschine hat mir ein Freund mitgegeben,« sagte er wahrheitsgemäß.

»Für wen issn die?«, fragte sie barsch.

»Für eine Kollegin meines Bruders«, sagte er wiederum wahrheitsgemäß.

»Was? Auch noch für Dritte? – Wie schdellnse sich des denn vor? – Machense mal uff!«

Als er den Deckel der Schreibmaschine abhob, kam ein Brief zutage, der noch eingespannt war. Abermals bekam er einen tiefen Schreck. Was stand da wohl drin? Als die Beamtin ihn las, schaute er ihr über die Schulter: Es war eine pedantisch-exakte Gebrauchsanweisung! Ihm fiel ein Stein vom Herzen. Sie fragte: »Was solln mer denn nu machen?«

Autorität und Würde der Staatsorgane zu respektieren war hier das erste Gebot. Also verfiel der Pfarrer in

Sagn Se mol !
Was is das für een goomischer Buchstabe ?
Den genne ma nicht.

einen demütig-unterwürfigen Ton: »Ich wusste nicht, dass das verboten ist – das tut mir Leid.« Darauf sie nochmal: »Was solln mer denn machen?« Er ganz niedergeschmettert: »Wenn es nicht anders geht, dann muss ich die Schreibmaschine eben hier lassen, auf dem Rückweg wieder abholen und dem Eigentümer wieder zurückgeben …«, wohl wissend, dass so etwas die Grenzzöllner nicht besonders gerne taten. Er wähnte sich dem psychologischen Sieg nahe. – Dann aber sagte sie wieder sehr barsch: »Gämse doch nich gleich uff!« Jetzt fiel ihm der Unterkiefer runter, und er muss ziemlich blöd dreingeschaut haben – und mit den Worten: »Es is doch Ihr Beruf, Hoffnung zu verbreiten!« verschwand sie samt Brief im Zollhäuschen.

Jetzt musste er erst seine Seele ordnen. Das war eine verkehrte Welt! Noch war ihm nicht nach Lachen zumute.

Nach einer Ewigkeit kam sie wieder, gab ihm den Brief zurück und winkte ihn durch – mit allen Büchern und Medikamenten. Erst im Weiterfahren konnte er sich entspannen und sich lachend über diese Grenzbeamtin freuen.

Der Herausgeber

Wolfgang Gädeke, geb. 1943 in Bremen. Studium am Priesterseminar der Christengemeinschaft in Stuttgart und der evangelischen und katholischen Theologie, Geschichte und Psychologie in Marburg und Tübingen. 1968 Priesterweihe. Tätigkeit als Pfarrer in Ulm, Hamburg und Kiel. Dozent an der Freien Hochschule – Priesterseminar der Christengemeinschaft. Langjährige Tätigkeit als Eheberater und Ehe-Kurse für Jugendliche und Erwachsene. Seit 1990 Lenker der Christengemeinschaft für Norddeutschland.

Im Verlag Urachhaus erschien von ihm: »Warum Ehen scheitern. Grundzüge einer anthroposophischen Ehebetratung«

Die Schöne mit den sieben Schleiern

Sizilianische Zaubermärchen

Herausgegeben und kommentiert von Renato Aprile
Aus dem Italienischen von Dagmar Brauer
295 Seiten, Halbleinen

Kranich und Hirtenmädchen

Finnische Zaubermärchen von Anni Swan

Aus dem Finnischen von Angela Plöger
236 Seiten, Halbleinen

Das Schloss der goldenen Sonne

Initiationsmärchen

Herausgegeben und mit einem Nachwort versehen von
Arnica Esterl
256 Seiten, Halbleinen